Nestor

JE N'AI
PAS PEUR

Catalogage avant publication de Bibliothèque et Archives Canada

Wilhelm, Hans, 1945-
[I'm not scared! Français]
Je n'ai pas peur / Hans Wilhelm, auteur et illustrateur ; Kévin Viala, traducteur.

(Je peux lire!)
ISBN 978-1-4431-3851-2 (couverture souple)

I. Viala, Kévin II. Titre. III. Titre : I'm not scared! Français.
IV. Collection: Je peux lire!

PZ26.3.W48Je 2014   j813'.54   C2014-901458-9

Édition publiée par les Éditions Scholastic, 604, rue King Ouest, Toronto (Ontario) M5V 1E1.

5 4 3 2 1   Imprimé au Canada 119   14 15 16 17 18

JE N'AI PAS PEUR

Hans Wilhelm
Texte français de Kévin Viala

Je peux lire! – Niveau 1

Éditions
SCHOLASTIC

C'est l'Halloween!
C'est le moment
de se déguiser.

Je dois trouver
un super costume.

Et si j'étais un clown rigolo
avec de grands pieds?

Ou un très méchant
pirate?

Ou un robot qui aboie?

Ou encore une grosse
chauve-souris noire?

Et si j'étais un loup effrayant?

Ou un mignon
petit lapin?

Aimes-tu mon drôle de
costume de serpent de mer?

Et si j'étais un grand magicien?

Ou une citrouille orange?

Ou encore une momie?

J'ai trouvé! Je vais me déguiser en Super Chien prêt à sauver le monde.

Oh là là! Qu'est-ce que c'est?

Oh non!

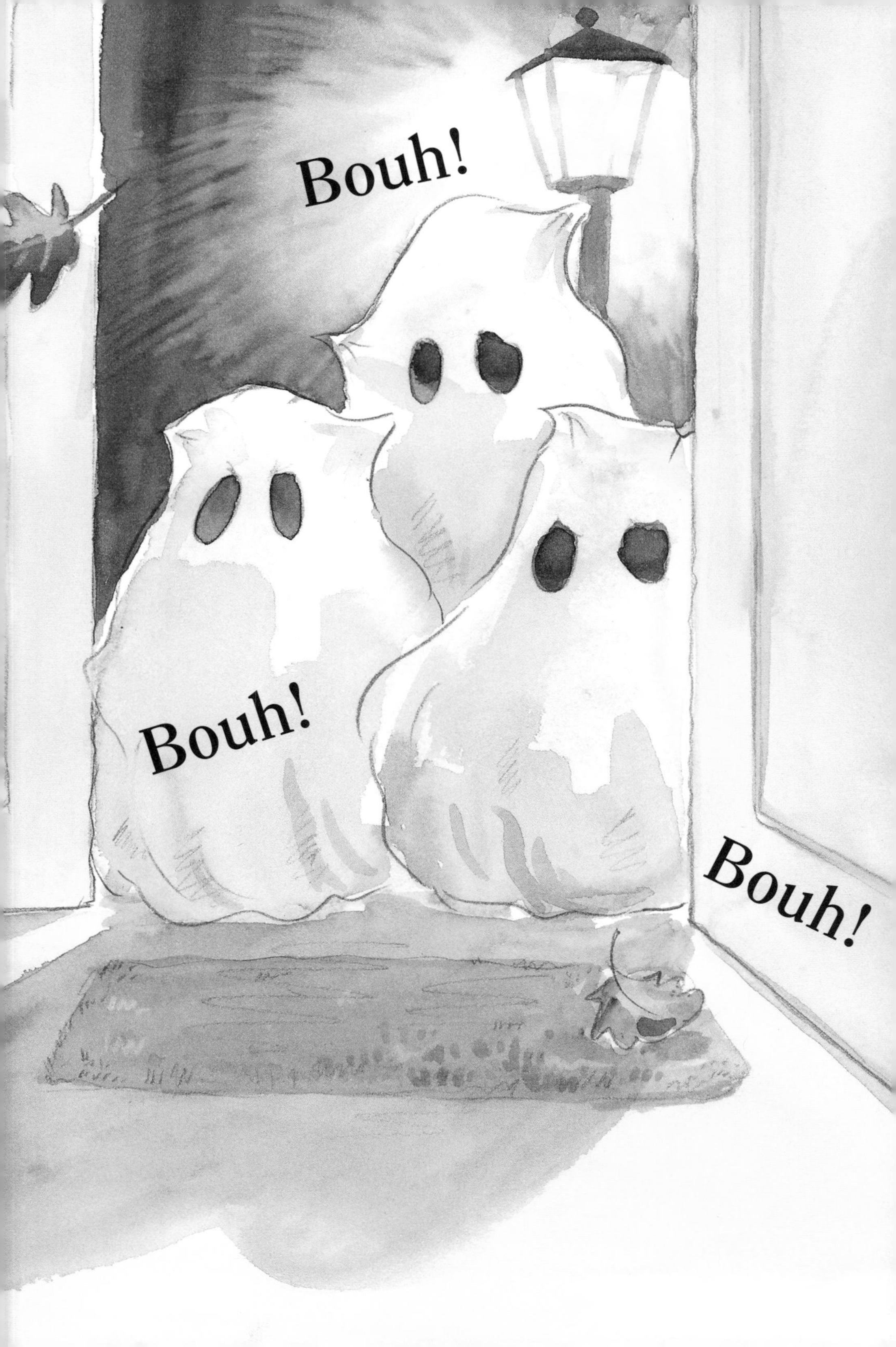

Bouh!

Bouh!

Bouh!

J'ai peur des fantômes.

Mais ce ne sont pas
de vrais fantômes!

Ce sont mes amis!
Ils sont venus jouer
avec moi!

L'année prochaine, c'est
MOI qui leur ferai peur!